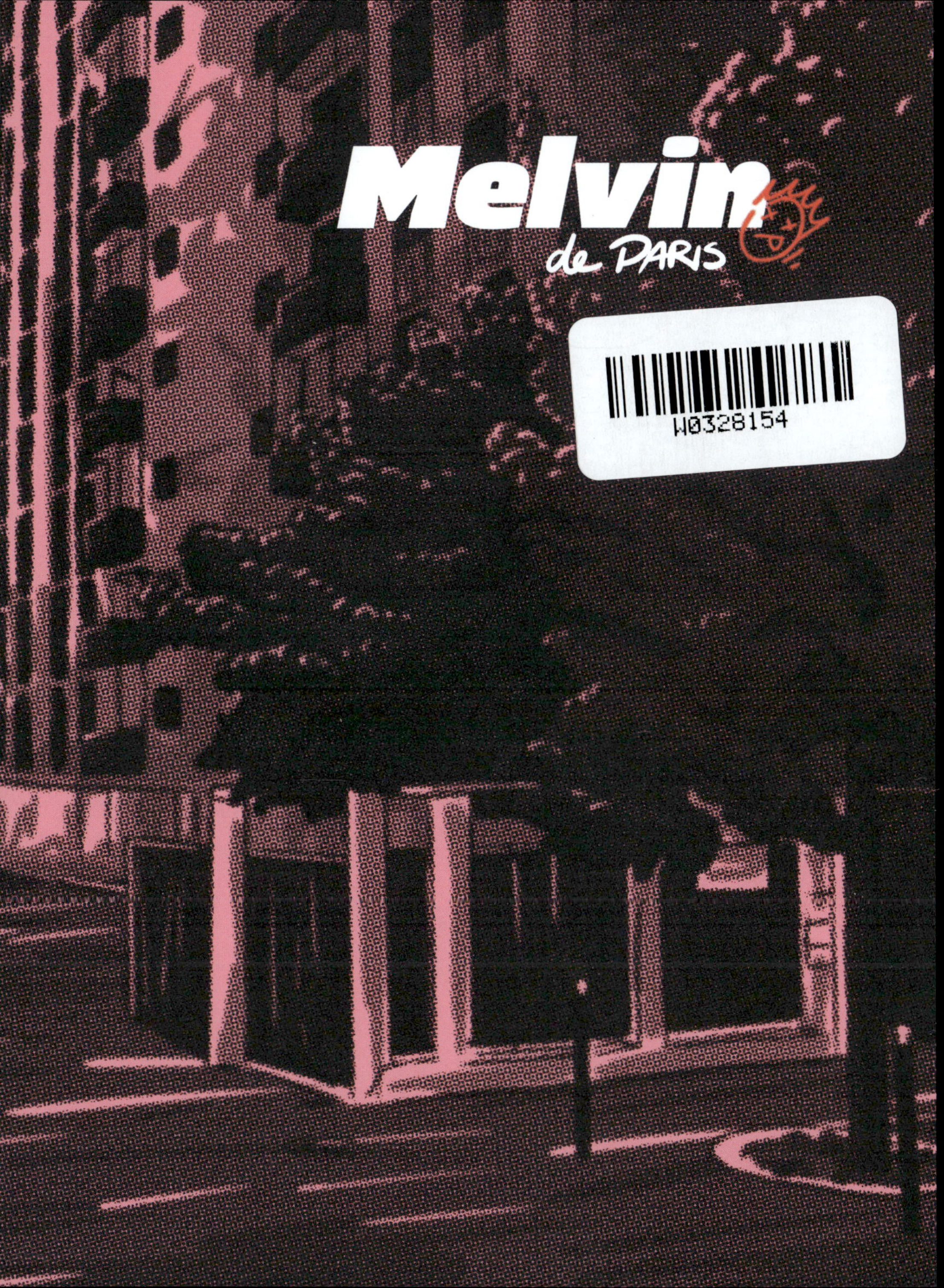
Melvin
de PARIS

Une idée originale de : Heureusement!

« À toi aussi qui es jeune, qui a été jeune et qui restera jeune. »
CMB world.

Illustrations : Logann Kerouasse

# Melvin de Paris

H!
Heureusement !

# Melvin

## MALIN, BLAGUEUR ET GRAND RÊVEUR

« ÇA N'EXISTE PAS D'ÊTRE NUL »

**Paul et Jules**

AMIS DE MELVIN

CASSEURS D'AMBIANCE

**Davidson**

GRAND FRÈRE DE MELVIN

SA VICTIME

**Maman Mado**

MAMAN DE MELVIN, DAVIDSON ET DANN

BOSS À L'IVOIRIENNE

**Dann**

PETIT FRÈRE DE MELVIN

LA STREET

**Chakib et Bouaké**

AMIS DE DANN

PROFESSIONNELS EN BÊTISES

**Anobla, Aya et Ezoua**

COUSINS DE LA CAMPAGNE

TROP RELOUS...

**Samira**

LA PROF DE SPORT DE MELVIN

COACH EN MOTIVATION

**Logann**

GRAND AMI DE LA FAMILLE

L'OBSERVATEUR

**Kady**

GRAND AMOUR DE MELVIN

ELLE NE VOIT PAS QUE MELVIN L'AIME

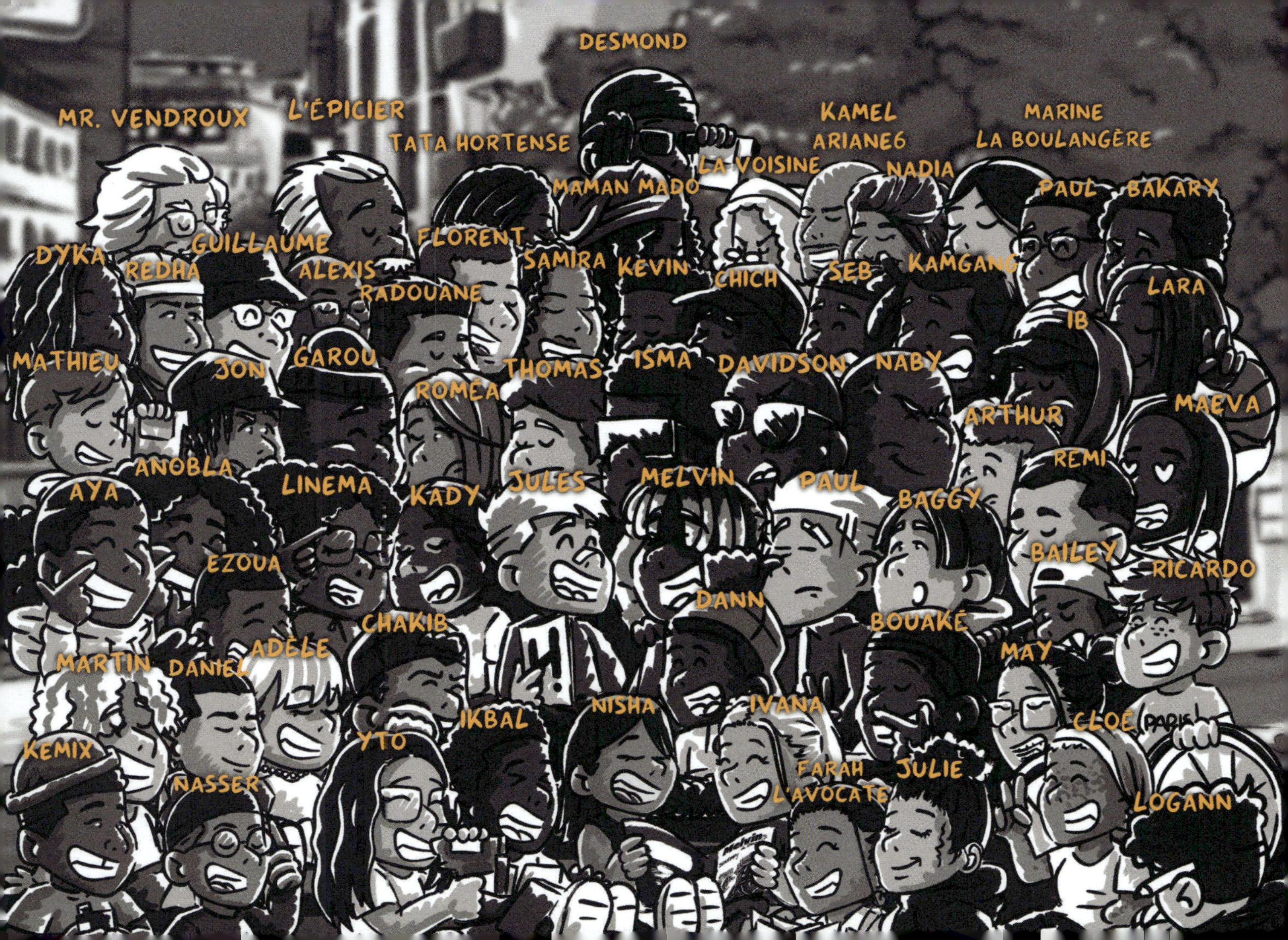
DESMOND
MR. VENDROUX
L'ÉPICIER
TATA HORTENSE
KAMEL
ARIANE6
MARINE
LA BOULANGÈRE
LA VOISINE
NADIA
MAMAN MADO
PAUL
BAKARY
GUILLAUME
FLORENT
DYKA
REDHA
ALEXIS
SAMIRA
KEVIN
CHICH
SEB
KAMGANG
RADOUANE
LARA
IB
MATHIEU
JON
GAROU
THOMAS
ISMA
DAVIDSON
NABY
ROMÉA
ARTHUR
MAEVA
ANOBLA
REMI
AYA
LINEMA
KADY
JULES
MELVIN
PAUL
BAGGY
EZOUA
BAILEY
RICARDO
DANN
CHAKIB
BOUAKÉ
ADÈLE
MARTIN
DANIEL
MAY
NISHA
IVANA
IKBAL
CLOÉ
YTO
KEMIX
FARAH
L'AVOCATE
JULIE
NASSER
LOGANN

# LA DOUCHE DU MATIN

# CELLOPHANÉ

WESH !
TU JOUES À QUOI AVEC MON CELLOPHANE ?!

## MICHAEL JORDAN

Michael Jordan est l'un des plus grands joueurs de basket de tous les temps ! Né à Brooklyn, New York, il a ébloui les terrains en jouant pour les Chicago Bulls en NBA. Jordan était renommé pour son incroyable agilité, ses tirs précis,et son leadership sur le terrain. Il a remporté six championnats NBA avec les Bulls et a été nommé MVP « meilleur joueur » à de nombreuses reprises.

LA TÉLÉCOMMANDE

## DE BON MATIN

BONJOUR MARINE ! UN PAIN AU CHOCOLAT COMME D'HAB', S'IL TE PLAÎT !
BONJOUR MELVIN, OUI MAIS D'HABITUDE, TU N'ARRIVES PAS À CETTE HEURE.
OUI JE SAIS.
MON RÉVEIL N'A PAS SONNÉ...
LA FAUTE DE QUI ? AU RÉVEIL ?
J'AI PAS FAIT EXPRÈS DE LE DÉBRANCHER...
MAIS LES COURS DE MATHS SONT VRAIMENT...
AH, FILOU...

RÉSOUS CE CALCUL EN ATTENDANT TON PROCHAIN COURS !
MOI NASSER, J'AI TOUJOURS LES BONNES RÉPONSES !

RÉPONSE : 23

<3 <3

Collège
Thomas Mann
TIREZ ENCORE ! ON VA GAGNER !
MELVIN EST DANS LES VAPES !

## MÉGA VITE

MELVIN
Géographie
19,5/20
WOW C'EST BIEN MON FILS !
ON Y VA DU COUP ?
ALLER OÙ ?
MAIS MAMAN, MES BASKETS !
AH OUI C'EST VRAI, ON VA AU MARCHÉ ?
TU M'AVAIS PROMIS D'ALLER AU MAGASIN !
REGARDE, C'EST CELLES DE M. JORDAN, ELLES VONT MÉGA VITE !
RAPIDES PARTOUT ET TOUT LE TEMPS ?
H24 ET TOUT-TERRAIN !
MERCI MILLE FOIS MAMAN !
AVEC PLAISIR, MAINTENANT TU VAS POUVOIR FAIRE LA VAISSELLE, TON LIT ET LE MÉNAGE MÉGA VITE !
AVENUE D'ITALIE

## 50 CENT

De son vrai nom Curtis Jackson, 50 Cent est une véritable force de la scène hip-hop. Originaire de New York, il s'est imposé avec son premier album « Get Rich or Die Tryin' ». Il est également homme d'affaires, acteur et producteur. Aujourd'hui, il est une figure emblématique de la culture américaine.

## LA SOIF !

LARA, T'AS PAS SOIF TOI ?
MELVIN, MON POTE, ON EST CHEZ TOI ET TU NOUS PROPOSES PAS DE JUS ?
NAN, J'AI RIEN DU TOUT !
OH LE MYTHO, IL VEUT GARDER SON JUS POUR LUI !
ZIAPP!!
J'EN ÉTAIS SÛÛÛR !
FRRRR
MA MÈRE MÉLANGE LE JUS À L'EAU POUR LES ÉCONOMIES... JE PRÉFÈRE L'EAU...

## SORTIR À PARIS

OH, C'EST RELOU...
DE OUF !
ATTENDEZ !

BLA, BLA, BLA...
ET À GAUCHE, ON PEUT VOIR LA DARONNE DE CHAKIB !

T'AS DIT QUOI ?!
OH DÉBLOQUE, ON RIGOLE !

# T'AS LA RÉF?

## LES SŒURS WILLIAMS

Serena et Venus Williams sont deux légendes du tennis. Originaires de Compton en Californie, elles ont conquis le monde par leur talent et leur détermination. Serena a remporté de nombreux titres internationaux, tandis que Venus est également une force redoutable avec son style de jeu agressif. Ensemble, elles ont transformé le tennis féminin et sont devenues des exemples de réussite inspirants.

# LA VAISSELLE

# ADIEU LES VOLEURS

♪ JOK'AIR - BONBON À LA MENTHE.

# LE CARBONE

COUCOU MES COUSINS PRÉFÉRÉS !
SALUT AYA, ANOBLA ET EZOUA...
COMMENT ÇA VA ? ÇA FAIT LONGTEMPS !
PRENONS LE MÉTRO, ON PARLERA À LA MAISON !
NON UN TAXI, VOUS AVEZ BEAUCOUP TROP DE VALISES !
LE MÉTRO EST MOINS POLLUANT.
ÇA VA, ON N'A PAS TANT D'AFFAIRES QUE ÇA...
Gare de l'Est
03 MIN
ATTENTION À LA FERMETURE DES PORTES.
VOUS ÊTES CHARGÉS AUJOURD'HUI LA FAMILLE !
QU'EST-CE QU'ON EST BIEN ICI !

Châtelet
VOUS SAVIEZ QUE LA VOITURE ÉMET 250G DE DIOXYDE DE CARBONE PAR KILOMÈTRE ET LE MÉTRO 43G.
J'ESPÈRE QUE PLUS TARD, DANS CETTE VILLE ON DÉCIDERA DE RÉDUIRE LES ROUTES ET AVOIR PLUS DE PISTES CYCLABLES !
ILS SONT TROP RELOUS, TROP RELOUS !!!
François Mitterrand

T'AS LA RÉF?

## STEVE URKEL

Steve Urkel est LE personnage emblématique de la série télévisée «La vie de famille». Génie un peu maladroit, il est très amoureux de Laura Winslow et ne cesse de faire rire les téléspectateurs.
C'est une icône de la culture pop.

# HYDRATATION !

*LE PAUVRE

GOOO!
ALORS COMME ÇA ON A DES NOUVEAUX ROLLERS ?
OUAIS !
ET ILS VONT TROP VITE !
PEUT-ÊTRE, MAIS PAS AUSSI VITE QUE MES X-TREM SONIC 2000 !
X-TREM
J'AVOUE QU'ILS SONT LOURDS...
MAIS VIENS ON FAIT UNE COURSE, ET SI JE GAGNE, TU FAIS ÉCOUTER UN SON ?
IL Y A UN NOUVEAU SON TROP MÉCHANT EN PLUS !
DOMMAGE, TU VAS PERDRE.
ARRÊTE AVEC TES PAROLES ESPÈCE D DINDIN*!
LE PREMIER ARRIVÉ VERS LES FILLES !

*GUIGNOL

À MON GO !
GOOO
POP !
X-TREM COLA 2000 !!!
AHAHAH ! INCROYABLE !
À NOUS LE NOUVEAU SON !
DMX
WHERE THE HOOD AT

# T'AS LA RÉF?

## DRAGON BALL Z

Dragon Ball Z est un animé japonais, adapté du manga Dragon Ball et diffusé dans le monde entier.
Créée par Akira Toriyama, l'histoire suit les aventures de Goku et de ses amis prêts à tout faire pour protéger la planète Terre d'ennemis extraterrestres redoutables.

## PROUT !

TOILETTE
IL NE FAUT PAS QU'IL ME VOIT...
OUF, DAVIDSON NE M'A PAS VUE CETTE FOIS.
CLIC
TOILETTES
PROUT
QUI REPLANTERA L'OLIVIER ? OÙ SONT PASSÉS LES GENS QUE J'AI AIMÉ ?
?!
AYA ?!
BAH ALORS AYA, ON PÈTE, ON FAIT CACA ?!!!
ALLEZ AVOUE !
WALLEN - L'OLIVIER
T'ES CHIANT DAVIDSON !
AHAH!
TROP RELOU, TROP RELOU...
C'EST POUR LE BIEN DE LA PLANÈTE QUE JE FAIS ÇA !
EN MOYENNE ON REJETTE 0,5G DE MÉTHANE PAR JOUR À CAUSE DE NOS PETS.
JE SURVEILLE QUE VOUS NE PÉTIEZ PAS TROP.
MOI AUSSI JE SUIS ÉCOLO !

# POINT CULTURE

LAISSE ISMA PARLER PETIT @?&!!!?
JE TIENS TOUT DE MÊME À PRÉCISER QUE DANS LE SECTEUR Ä SE TROUVENT LES ARTISTES COMME: PASSI, NEG' MARRONS, DOC GYNECO, ÄRSENIK, STOMY BUGSY...
OK !...
LE BOURGEOIS TU FAIS LE PURISTE !

# LES CAROTTES DANS LE THIEP

♪ MZ - TIEP BOU DIEN

# BOYZ N THE HOOD

«Boyz n the Hood» est un film culte des années 90 plongeant dans la réalité des quartiers de Los Angeles.
On y voit le passage de l'adolescence à l'âge adulte pour trois amis de South Central. Le film a été réalisé par John Singleton à seulement 22 ans, et a lancé la carrière de nombreux acteurs.

## UNE GRANDE STAR

♪ JOK'AIR - MON SURVET

# SISI...

5 FRUITS & LÉGUMES
WAAA, IL Y A UN NOUVEAU SON ?!
TU VOUDRAIS QUE JE TE LE FASSE ÉCOUTER MON CHER MELVIN ?
OUAIS ! S'IL TE PLAÎT !
PFFF... ALLEZ CONTRE 20 DESSERTS !
AUTANT TE DIRE QUE TU PEUX CONTINUER À REGARDER TES VIEUX CLIPS.
SISI...

BAGGY ?
TOUJOURS AVEC TES VIEUX CLIPS MELVIN ?
SISI...
THE GAME
HOW WE DO

T'AS LA RÉF ?

## MICHAEL JACKSON

Michael Jackson, le « Roi de la Pop », a conquis le monde avec sa musique et son style inimitable. Il a redéfini l'industrie avec des hits tels que « Billie Jean » et a ébloui le public avec son incroyable talent de danseur. Son album «Thriller» est l'album le plus vendu de tous les temps. C'est l'une des plus grandes icônes de la musique.

## PETITE PART POUR LE GOÛTER

# SORTIR À PARIS

*GUIGNOLS

*JOHNNY HALLYDAY

*NAOMI CAMPBELL

*RAY CHARLES

*JACQUES CHIRAC

OH REGARDE CHAKIB !
ILS ONT FAIT TA STATUE !
MAIS N'IMPORTE QUOI !
ON N'A AUCUNE
RESSEMBLANCE ?!!!
AH T'ES CHAUD
SUR MOI ?!
OH DÉBLOQUE,
ON RIGOLE !

# T'AS LA RÉF?

## DROGBA

Didier Drogba, légende du football ivoirien et mondial, a marqué l'histoire du club Chelsea FC (Angleterre) avec ses buts décisifs en Ligue des champions.
En dehors du terrain, il est reconnu pour son engagement humanitaire en Côte d'Ivoire.

TOUJOURS EN RETARD...

BOOBA, MALA - NOUVELLE ÉCOLE

DEUX CHAISES...

CRAC !
WAA !
T'AS CASSÉ LA CHAISE GAROU !
ARRÊTE DE RIGOLER !
ATTENDS, MELVIN JE M'AGRIPPE À TA CHAISE POUR ME RELEVER.
JE DOIS SÛREMENT AVOIR TROP DE FORCE.
CASSER DEUX CHAISES, C'EST VRAIMENT ÊTRE TRÈS FORT...

# JOUR DE VENGEANCE

C'EST L'HEURE DE LA REVANCHE !

LA MENTHE N'EST PAS TROP FRAÎCHE DANS TON DENTIFRICE ?

T'AS LA RÉF?

## BIGGIE & P.DIDDY

The Notorious B.I.G. est un rappeur légendaire de Brooklyn, New York. Sa voix distinctive et ses paroles poignantes ont laissé une empreinte indélébile dans le monde du hip-hop. P.Diddy est une figure emblématique de l'industrie musicale. Rappeur, producteur, entrepreneur, c'est surtout un visionnaire qui a influencé l'industrie.
Biggie et P. Diddy, c'était bien plus qu'une simple collaboration musicale : ils étaient un duo dynamique et complémentaire qui a redéfini le monde du rap.

## JAMAIS DE MAUVAISES NOTES

♪MZ - PROBLÈME

ET DE 1 !

ELLE PREND D'L'ÂGE
J'VEUX QU'UN JOUR
ELLE PUISSE VIVRE DE MON RAP
DONC J'BOSSE DUR POUR Y ARRIVER
OUI J'BOSSE DUR POUR
NE PAS ÉCHOUER.
BAM! BAM!
MZ - EVE
EH MAIS C'EST QUOI CE SON DE OUF ?!
BAM BAM BAM
TU VEUX ENCORE ME VOLER MES SONS TOI ?!
JE TE METS 20-0, LÀ MAINTENANT CONTRE CE SON !

ET DE 1 !
HOP !
7 !
15 !
HOP !
20 !
LIL KIM
THE JUMP OFF

CROIS EN TOI

WESH JEY ? TU VAS BIEN ? À TOULOUSE ÇA DIT QUOI ?
YO MEL', ÇA VA ÇA SE PASSE ET TOI ?
LE QUARTIER TU CONNAIS, LA ROUTINE.
PAREIL MOI TU CONNAIS, MAIS JE SENS QUE BIENTÔT ÇA VA CHANGER !
CROYONS EN NOUS !
CROYONS FORT EN NOUS !

## STAR WARS

Star Wars est l'une des premières franchises de science-fiction : elle se déroule dans une galaxie lointaine, mélangeant des chevaliers Jedi, la Force, et des batailles intergalactiques. Le duel épique entre Anakin Skywalker et Obi-Wan Kenobi, sur la planète volcanique Mustafar, symbolise la chute d'Anakin du côté obscur de la Force, marquant un moment clé de l'histoire de Star Wars et la création de Dark Vador.

POSITIF !

10H40
WESH, MON STYLO A FUI.
C'EST LA HONTE CETTE TACHE, ET MA MÈRE VA ME DISPUTER...
12H05
OH STEAK FRITES, ÇA VA UN PEU ME REMONTER LE MORAL.
13H30
HOP ! 3 POINTS.
17H15
18H00
MAMAN, J'AI TÂCHÉ MON SWEAT, MAIS NE ME DISPUTE PAS...
EH, CE N'EST PAS GRAVE MON FILS, NE T'INQUIÈTE PAS...

UNE EXPÉRIENCE NÉGATIVE NE DÉFINIT PAS TA JOURNÉE ENTIÈRE. C'EST UN MOMENT PARMI BEAUCOUP D'AUTRES POSITIFS !
IL FAUT VOIR LE POSITIF. CERTES, MON SWEAT A UNE GROSSE TACHE, MAIS J'AI SUPER BIEN MANGÉ CE MIDI, J'AI TRÈS BIEN JOUÉ AU BASKET, J'AI BIEN RIGOLÉ AVEC PAUL ET JULES, ET MA MAMAN M'A COMPRIS. POSITIF, POSITIF, POSITIF !

MAINTENANT C'EST L'HEURE DES MINI-JEUX!

# LES 7 DIFFÉRENCES !

# RÉSOUS CES PROBLÈMES

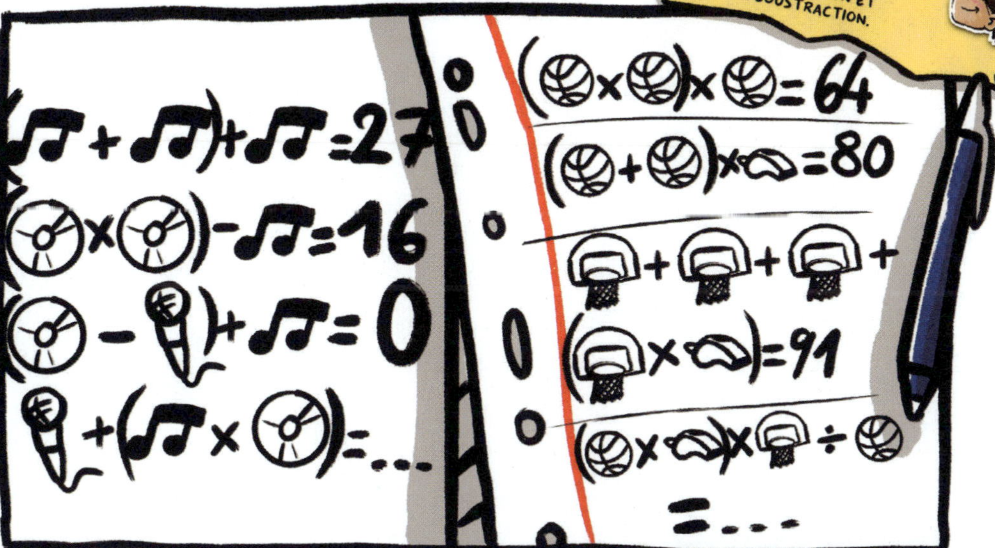


CORRECTIONS PAGE SUIVANTE

# RETROUVE MELVIN ET SHAP SHAP

# CORRECTIONS !

# Heureusement !

2024, éditions HEUREUSEMENT !
Imprimé en Europe.

 Loi n°49-956 du 16 juillet 1949 sur les publications destinées à la jeunesse, modifiée par la loi n°2011-525 du 17 mai 2011. Dépôt légal : Mars 2024.

Suivez nous sur :

Instagram : @heureusement_editions
Internet : www.heureusementparis.com

FSC
www.fsc.org
MIXTE
Papier | Pour une gestion forestière responsable
FSC® C158978

ACCES
POM
CMB